ALBERTO DE OLIVEIRA

CANÇÕES ROMÂNTICAS

1877-1878

Coleção
GRANDES CLÁSSICOS DA LÍNGUA PORTUGUESA
VOLUME 37

BRASILIARIS

Editor-chefe:
Tomaz Adour

Revisão:
Equipe Vermelho Marinho

Capa:
Spirit

Diagramação:
Marcelo Amado

Texto revisado segundo o novo Acordo Ortográfico da Língua Portuguesa.

Dados Internacionais de Catalogação na Publicação (CIP)
Fabio Osmar de Oliveira Maciel – CRB-7 6284

O48c

Oliveira, Alberto de, 1857-1937
Canções românticas: 1877-1878 / Alberto de Oliveira. – 1. ed. – Rio de Janeiro : Brasiliaris, 2023.
68 p. ; 21 cm. – (Grandes clássicos da língua portuguesa ; v. 37).

ISBN 978-85-8265-291-6

1. Poesia brasileira. I. Título.

689-089-23 CDD : 869.91

Índice para catálogo sistemático:
1. Poesia : Literatura brasileira 869.91

EDITORA VERMELHO MARINHO USINA DE LETRAS LTDA
Rio de Janeiro — Departamento Editorial:
Avenida Gilka Machado, 315 — bloco 2 — casa 6
Recreio dos Bandeirantes — Rio de Janeiro — RJ
CEP: 22795-570

VERMELHO MARINHO
www.editoravermelhomarinho.com.br

SUMÁRIO

APRESENTAÇÃO

O selo Brasiliaris é uma iniciativa da Editora Vermelho Marinho com a Spirit, que tem como objetivo resgatar todas as obras clássicas da literatura brasileira que estejam em domínio público. Independente do autor ou da época em que escreveu, a coleção pretende publicar todas as obras de todos os autores que estejam disponíveis para publicação ou digitalização.

É um trabalho de longo prazo, pois citando apenas alguns autores muito conhecidos, como Machado de Assis, José de Alencar e Joaquim Manuel de Macedo, descobrimos que eles têm uma obra muito extensa, incluindo romances, contos, novelas, poemas e textos teatrais, fora artigos em ensaios. E muitas dessas obras não se encontravam mais no mercado. Até agora.

Tomaz Adour, o editor da coleção, já vem fazendo este trabalho de resgate há mais de 10 anos, conseguindo trazer de volta ao mercado autores do porte de uma Júlia Lopes de Almeida, A. G. Teixeira e Souza, Paulo Setúbal, Coelho Neto, Francisca Júlia, Bruno Seabra, Carmen Dolores, Martins Pena, João do Rio, Coelho Neto, Chrysanthème, entre tantos outros que lançou na Coleção Grandes Clássicos.

Com o apoio da Spirit e sua experiência em design aliada à sua paixão pelos livros, estes e outros autores irão ganhar roupagem nova, com edições especiais com orelhas, edições especiais em capa dura, além de ebooks a preços acessíveis para todos os leitores.

Este projeto ambicioso é uma forma de levar ao público tudo de bom que foi produzido em nossa literatura, permitindo que os leitores tenham acesso não apenas às obras mais famosas dos principais autores, mas também a obras que estão fora do mercado há décadas ou mesmo séculos. Com isso, um leitor que se apaixonar por um livro de um autor poderá conhecer toda a sua obra.

É um trabalho de garimpagem. Temos mais de 10.000 obras a serem publicadas e estamos atrás de obras perdidas, esquecidas ou que possuem poucas cópias em bibliotecas ou coleções particulares. Por isso, todo apoio é bem-vindo. Cada leitor ou amante de livros que deseje sugerir ou indicar uma obra receberá os créditos e será um colaborador da coleção. Acreditamos que, desta forma, obras perdidas ou com cópias desgastadas poderão ser resgatadas, desde que haja um colecionador ou uma biblioteca que a possua. Se quiser colaborar, basta nos escrever.

Que os leitores possam descobrir cada vez mais as obras de uma das literaturas mais importantes do mundo!

7

APARIÇÃO NAS ÁGUAS

A Arthur de Oliveira

I

Vênus, a ideal pagã, que a velha Grécia um dia
Viu esplêndida erguer-se à branca flor da espuma,
Cisne do mar Iônio
Mais alvo do que a bruma!
Visão, filha, talvez, da ardente fantasia
De um cérebro de deus;

Vênus, astro — no mar e lágrima — nos céus;
Vênus, quando eu te vejo a resvalar tão pura
Do oceano à flor,
Das águas verde-azuis na úmida frescura:
Vem da Grécia que é morta,
Abre do céu a misteriosa porta
E em ti revive, ó pérola do amor!

II

É como um sonho imenso de gigantes,
Cortado de relâmpagos de assombros,
Esse espasmo em que fico, quando vejo
Desatar-se no olímpico de um beijo
Os teus longos cabelos ondeantes
Sobre o mármore santo de teus ombros!

Há como o abrir de Ilíadas augustas
No sidérico espaço que dominas;
Um como céu de deuses que se rasga
E um levantar de místicas cortinas!
Depois, no fundo azul de um quadro imenso,
A visão nua, as carnes florescentes...
Sonhos... palpitações... deslumbramentos...
A voz apocalíptica dos ventos,
E um mistério infinito
A dilatar as pálpebras dormentes!

III

Que aparição de luz! Em breve, em breve
Vais n'água flutuar!
Ah! que as ondas, cruel! não sejam lábios.
E eu não seja o mar!
Hora esplêndida e grande! No arvoredo
Que te sombreia há um cântico piedoso:
Tudo recorda o Éden! Doce e a medo
Uma suave viração farfalha,
E há uma benção que lúcida se espalha
No azul religioso.
Parece que uma eólica alegria
Faz-se ouvir nas marítimas bafagens,
Por sobre as amplas superfícies cérulas;
E que em vez dos orvalhos se desfia
Um rosário de pérolas
Das encurvadas murmuras ramagens!

IV

Clytia, a filha de Hélade divina,
Jamais foi vista assim do doido amante
No lácteo banho! Como a grega Ondina,
Maior delírio e mais amor inspira
Teu corpo flutuante
Sobre as águas do mar mansas e mansas!
Ficam-te a flux as perfumadas tranças,
Tal no banho aromático a Hetaira!

V

Do meu amor os ímpetos não domas!
E ah! quem, como eu, não te adorara,
Se visse n'onda clara,
Como a suster-te, as tuas alvas pomas!
Quem não sentira n'alma esses arrancos,
Todo o ferver do interno cataclismo,
Ao ver-te nua, ao ver-te os seios brancos,
As formas de Diana,
Banhadas de uma luz prometeana,
Ó sideral aparição do abismo!

VI

N'um relâmpago foges! A alva errante
Também sumiu-se na irial torrente!
Fechou-se a grande página brilhante
Da Ilíada dos deuses!

O sol ascende vagarosamente.

2
VAPOROSA

A Aluísio Azevedo

Passas na terra, sombra misteriosa,
Sob lúcidas formas deslumbrantes,
E perdes-te depois n'uns céus distantes
Entre os véus de uma estrela radiosa.

E a *alva,* que se ergueu miraculosa,
Pergunta aos gênios, às visões errantes
Se não viram-te as asas alvejantes
Do azul roçando a face luminosa.

Através do infinito resplendente
Acompanho-te, ó luz! sigo-te, estrela!
E ao abrir das rosas do oriente,

Quando Vênus do mar se ergue mais bela,
Do antro azul sobre a irial torrente
Vejo-te erguida inda maior que ela!

3

O ÍDOLO

A Manhães de Campos

Sobre um trono de mármore sombrio,
N'um templo escuro e ermo e abandonado,
Triste como o silêncio e inda mais frio,
Um ídolo de gesso está sentado.

E, como a estranha mão, quebrando a medo
A paz que envolve as funerárias urnas,
Um órgão canta os salmos de um segredo
Pelas amplas abóbadas soturnas.

Cai fora a noite — um mar que se retrata
Sobre outro mar — dois pélagos azuis!
N'um— as ondas, alciones de prata,
N'outro — os astros, alciones de luz!

E de seu negro mármore no trono
O ídolo de gesso está sentado...
— Assim um coração repousa em sono...
Assim meu coração vive fechado.

4

TRINDADES

Ao Dr. Ferreira de Araújo

Sabes para onde vão meus pensamentos,
Lá quando o sol nos cerros se reclina,
E o coqueiral erguido na colina
Abre o espatho dos ventos ao rumor?

Sabes para onde vão meus pensamentos,
Nas horas em que a luz, que se desmaia,
Chora no mar que geme sobre a praia
A partida do sol que é seu amor?

Sabes para onde vão meus pensamentos?
— Ah! vão todos perdidos, vão à toa
Buscar a sombra de tua casa branca,
Alevantada à beira da lagoa!

5

CALMA NO MAR

Imitação de Mickiewicz

Passa o vento de leve o pavilhão abrindo.
Incha a vaga, marulha e após queda se estende:
Assim virgem feliz por um sonhar infindo
À ilusão do amor, que adormentou-a e prende,
Acorda n'um suspiro e readormece rindo.

Sobre as vergas em paz, ao bonançoso ar,
Fecham-se as velas, como ao fim de luta horrível
Se dobram os pendões; na marcha regular
O navio se embala quase que insensível,
Qual preso por cadeia ao fundo azul do mar.

Respira o marinheiro, e a multidão errante
Canta rindo e fitando o páramo arquejante.

Ó oceano! Ó mar! entre os teus ledos filhos
Há um pólipo que, estranho aos bonançosos brilhos,
À calma, ao céu, à luz, do fundo do teu berço
Seus mil braços estende em um torpor imerso.

Ó pensamento humano! em tuas profundezas
Há uma hidra feroz de ensanguentadas presas,
Que dorme ao batalhar dos Sonhos com a Paixão,
E que, quando na paz se envolve o coração,
Aí vai mergulhar, matando os sentimentos,
Suas garras cruéis, como punhais sangrentos!

6

TENEBROSA

Tu és como as visões de um cérebro doente.
Tens no teu grande amor o filtro da serpente.
O arsênico do Mal matou-te o coração.
Tu vives sem saber se acaso existe ou não
O arcanjo da Fé, o querubim da Crença.
O Tédio te envolveu nas asas da doença.
Tu és como um Calvário onde não há mais cruz,
D'onde roubou-se o Cristo e se extinguiu a luz.
Há as tristezas de um claustro, a solidão profunda,
No teu céu sem clarões, no ar que te circunda.
O silêncio do chão em que se vai pousar
Um féretro, essa paz sinistra, tumular,
O silêncio da dor que enrosca-se à caveira,

Tem antenas p'ra ti, prende-te a vida inteira.
Tu és um lago escuro, um pântano fatal;
Em ti só cresce um lírio — a negra flor do Mal;
Tens no teu seio a Morte, e a superfície calma
Anda sempre a esconder-me o que te corre n'alma!
Secas-te ao sol, à chuva, aos cânticos do dia,
Assim como se extingue e se esvaece e esfria
Uma lágrima negra em pálpebra de gelo.
Tu és a encarnação de um torvo pesadelo,
Ligado à minha sombra e preso à minha dor;
És da Morte e da cova, e és do meu amor!

Que sejas triste, embora, e sejas muda, muda...
Que a Dor crave-te mais sua lanceta aguda,
Que o Mal te dilacere e a Febre te ajoelhe,
Que a figura da Morte o teu semblante espelhe,
Que morda-te da Angústia a garra envenenada,
Que escutes a descer das solidões do Nada,
Como um velho tambor rufando compassado,
As músicas do Horror!... Que morras!
— Ao teu lado,
Aqui, em toda parte, a te seguir asinha,
Minha serás, mulher! eternamente minha!

7

O COLAR

Oh! quanto és bela agora
A um raio que te beija
A fronte onde branqueja
A pérola da aurora!

Beija-te os pés e chora
A fonte, e lacrimeja!
Que tudo e o céu te veja!
Oh! quanto és bela agora!

Do mármor na bancada
A mão de uma alvorada
Aí deixou ficar,

— Mimo da luz à flor, —
De lágrimas de amor
Um lúcido colar!

8

À SOMBRA DAS ÁRVORES

É esplendida a alameda!
Ao grande olhar divino
O canto matutino
Entoa Rig-Veda!

Esvoaçando leda,
Ao matinal destino,
A cada flor um hino
A viração segreda!

Escorrem como a medo
Das franças do arvoredo
As lágrimas de um astro!

Oh! doce maravilha!
Vai tu colhê-las, filha,
Ao eólio de alabastro!

9

QUADRO ANTIGO

A Teófilo Dias

Da selva era que se abre o cactus,
E onde o coqueiro esguio
Remira os longos espathos
No mole espelho do rio,

O amor por vezes eu libo,
Na fantasia serena,
Sonhando a filha morena
De alguma guerreira tribo.

É à calma de um dia ardente:
Arqueja o jaguar com sede...
Oh! quem me dera essa rede
Que está de um ramo pendente!

— Índia dos bosques em paz,
Que noite na tua coma!
E sob teus pés que aroma
Nas flores do sassafrás!

Mas quem de tão ledos brilhos
Esta paisagem me traça,
Se estão, há muito, teus filhos
Extintos, cabocla raça!

Por muitas vezes eu libo
Essa quimera serena...
— Ah! flor das tabas morena,
Que é feito de tua tribo?

10

O PRIMEIRO BEIJO

Ao seio bom das plantas,
Ao seio perfumado
Envia um beijo amado,
Ó sol que te alevantas!

Do amor divinizado
As harmonias santas
Cantai, cantai no prado,
Ó matinais gargantas!

Esplenda â luz, ao canto,
O que há de puro e santo!
Eleve-se a espiral!

Que eu beijo-te, mimosa,
A alvura cetinosa,
O seio virginal!

22

11

VISÃO DAS RUÍNAS

A. L. Nicol

A história dos falsos deuses,
Suas míticas legendas;
As tradições apagadas,
As velhas extintas lendas;
Os caídos monumentos,
Já sem plantio e sem fachadas;
Os alcaçares sombrios,
Onde os gênios erradios
Vinham na alma dos ventos
Chorar o amor dos heróis
E o romance das rainhas;
Os palácios derrocados,
Ermos, sinistros e sós,
Na muda noite plantados;
Castelos já sem ameias,
E os mochos e as andorinhas,
Ensombrando os pavimentos;
As subterrâneas moradas
De largos assombros cheias;
As vastas fundas escadas,
Os silenciosos retiros,
As agrestes solidões,
D'onde escapavam suspiros

E às brancas aparições;
Todas as velhas baladas,
Todas as trágicas lendas,
Todas aquelas imagens
Ruinosas, frias, tremendas,
Sinistras e desoladas;
Através de cada idade,
Do tempo à gasta ampulheta,
Como Valmeyars que giram,
Têm um lago onde refletem-se,
Um espelho aonde se miram,
Maior do que a imensidade:

— É o coração do poeta!

12

INTERIOR

A Tomaz Alves Filho

Seria pouco mais de uma da madrugada.

Um filho, um'alma em flor,
Louro, angélico e puro,
Despertando àquel'hora, a medo, pelo escuro,
Pôs-se a chorar, chamando a lágrima arrastada
Por um nome que *é* paz, conforto, luz e amor.

— Mãe!

E então a essa voz, que a toda e qualquer hora
O coração escuta,
Do leito conjugal a pálida madona,
Casta, doce, impoluta,
Como um sonho infantil, meiga como uma aurora,
Se ergue, toma as mãos, os cândidos bracinhos,
Pendurados do berço,
O corpo, aquela flor nascida de uns carinhos,
E ungindo-o de luz, no seu olhar imerso,
Aos seios o conchega.

Oh! grande e eterno amor!
Qual *é* mais do que tu? Ao teu supremo encanto,
Sente aquele que chora as bagas de seu pranto
Transmudarem-se em luz de um mago resplendor!

Um raio de luar
Baixou, como o clarão que desce de um altar,
Por uma fresta, ali permaneceu brilhante.
Àquela nívea luz,
Ao fundo, — enquanto a mãe amamentava o infante,
Brilhava o corpo nu de um lívido Jesus!

E, ah! talvez, quem sabe? àquele mesmo instante,
Em algum beco escuro,
Os torpes libertinos das vielas
Um jato salivado de impropérios
Cuspiam às estrelas!
Enquanto à luz dos lampiões funéreos,
— Como sombras n'um chão de bacanal,
Uns cães magros uivavam tristemente,
Trotando o lamaçal!

13

ONDULAÇÕES

À flor da vaga errante em placidez oscula
Um barco triste e escuro, ao mar abandonado:
Banha um luar de jaspe o firmamento arqueado;
A noite *é* calma e doce, a viração tranquila.

E àquela claridade incerta e duvidosa
Brilha a esteira da espuma, o rasto luminoso;
E o navio sem dono e plácido e moroso,
Vai na onda imprimindo a sombra silenciosa.

De onde vem? quem o leva e qual seu rumo e porto?
....
Ah! quanta vez também n'um mar ilimitado,
Enquanto o ar *é* puro e o páramo estrelado,
Não boia o coração silencioso e morto!

14

TRIUNFO SATÂNICO

A Pedro Paulo do Amaral

Ao voltar uma vez do casarão sagrado,
Onde a levava sempre o seu amor piedoso,
Unido a um nome vil um ramo perfumoso
Entre as folhas achou de seu missal dourado.

Àquela sedução do estúpido Pecado
O fantástico olhar não lhe brilhou trevoso;
O mimo arrebatando ao seio religioso,
Guardou-o nas paixões do seio delicado.

O bom templo de Deus sentiu a mão profana
Desse crime cruel. Naquelas sedas pretas
Já não lhe havia um'alma!
Hosana! Hosana! Hosana!

Soltem-se, pois, ao Mal as bárbaras grilhetas!
Tu só frágil não és, ó criatura humana!
— Satã comprou Jesus com um ramo de violetas.

15

NA ALAMEDA

A Mariano de Oliveira

Pela alameda sombreada e fresca
Eu e ela, ela um tanto romanesca,
Um tanto aérea quase, íamos indo...
Estava o dia lindo,
E aos nossos pés, na mole **úmida** área,
Vestindo uns tons de cobre, um quase louro,
Uns fragmentos do sol das cinco e meia
Luziam semeados,
Como pedaços de ouro.

Uns grupos mitológicos de gesso,
Aqui, além dispersos,
Uns de um lago na margem,
Outros à sombra, em doce paz imersos,
Ao nosso andar surgiam,
Como imprudentes Sátiros que riam,
Espreitando entre os claros da folhagem.

A rua um tanto morta,
O ar calmo, parado,
De um pequeno *chalet* romantizado
Ouvíamos fugindo pela porta

Os sons d'uma ária soluçada ao piano!
Mas além, para o mar,
Talvez do férreo cano
De alguma embarcação, subia às vezes
Um som vibrante que acordava o ar.

— As mãos postas nas minhas:
Se tivéssemos asas! Se um só dia
Fôssemos nós quais são as andorinhas!
E me falou da Itália;
Era o seu ideal! Por noite fria
Um passeio no golfo, quando extático
O céu azul esplêndido se espalha
Se negligenciando no Adriático!

E soa voz rítmica, suave,
Cheia do fluido de um celeste beijo,
Doce como a harmonia,
Punha-me n'alma o vago de um desejo,
O desejo de ter, como dizia,
Asas assim como as que tem um'ave!
....

Fomo-nos esquecendo brandamente
Da dourada ilusão.
Daquela doida, fugitiva imagem;
Ela falou do lar: deixá-lo? Não!
Eu lhe falei do tédio da viagem.

A tarde sobre as árvores ruidosas
Punha os sons de umas músicas saudosas,
Um como anseio langue;
Do repuxo nos chegava o choro;
Ia findando o dia
Com uma tristeza mórbida, sombria,
E longe, longe, alfinetado de ouro
Tombava o sol, como um borrão de sangue!

16

TOILETTE LYRICO

A Belizário de Souza

Trovadores do campo amadornado,
Afinai a garganta ao desafio,
E tecei com os do vento pelo rio
Uns idílios ao nítido azulado.

Poetas do lirismo condenado!
Eu quero vos colher no som doentio
A esse *spleen* matutino o desfastio,
Com as carícias do ar romantizado.

Trovadores, cantai! O alpestre monte
Já do seio cerrado do horizonte
Sacode as grandes barbas alvadias;

À *moderna* se veste a natureza,
E de um novo banquete à lauta mesa
Ouço as risadas das manhãs vadia!

17

TENEBROSA

A Pontes Junior

Sei que te apagas, que te esvais, que em breve,
Triste, onde a luz do sol dourou meu rumo,
Mas não verei que do meu sonho o fumo
A me cercar n'uns hálitos de neve;
Sei, e que importa, em teu olhar errante
Chispe essa luz tão íntima e tão pura,
Que já te morde o seio palpitante
O horror da sepultura!

A sagrada irrisão não vem-me à vida,
Como um bronze, esmagar-me o pensamento;
Sei me erguer, se me abate o sofrimento,
Sei sorrir, quando sangra-me a ferida;

Não que a alma de cínica não trema,
Nem o espírito encha um lume baço;
Mas é que o peito, quando a dor extrema,
Tem a rijeza do aço!

Que à tona d'esse rio te embalance
A última esperança resplendente,
Até que, quando a vista não te alcance,
Submerja-te a pérfida corrente;
— Eu que espalhei por todo o céu meus sonhos,
Que soltei pelo azul das alvoradas
Esse bando de pássaros risonhos,
Essas pombas sagradas;

Eu lhes direi, às intimas errantes,
Que, quando subas às regiões serenas,
Tragam, volvendo à terra, uma das penas
Que te enfeitam as asas deslumbrantes;
E nesse grande amor que inda me aviva,
Às tristezas achando um desafogo,
Ver-te-ei sempre minha, qual se viva,
Coroada de um círculo de fogo!

18

O sol se levantando em vão forceja
D'encontro aos doze vidros de diamante
Que tem tua vidraça;
Ele *é* grande de mais p'ra que te veja;
Não cabe no teu ninho palpitante;
E por isso o sol passa.

Minh'alma, como o sol, em vão forceja
Contra as grades que tens no peito amante,
Em vão tenta-as quebrar!
Ela *é* um átomo, flor! e te deseja;
Bem cabe no teu ninho palpitante...
Deixa-a entrar, deixa-a entrar!

19

TARDE ROMÂNTICA

A Carvalho Junior

Obliquamente o sol, em púrpuras velado,
Fere com um beijo morno o crespo transparente
E aos hálitos da luz o tépido ambiente
Envolve-se num véu prismático e dourado.

Trescala o incenso, a mirra, o cravo rescendente
Nas jarras orientais; então do cortinado,
Medrosa, abrindo os véus, n'um gesto namorado,
Ei-la a Bacante nua! a Sílfide ridente!

Faz-se, agora, talvez, como um mistério estranho...
A carne sensual, refrigerada ao banho,
Toma os crivos, a renda, os folhos, o cetim;

Enquanto n'água fresca e láctea e perfumada,
O róseo sabonete, a flor purpureada.
Desbrocha entr'alva espuma a ponta de carmim.

20

MÍSTICA

A Joaquim Maldonado

I

Quanta vez, como um'ave misteriosa,
De ermo em ermo vagando,
Entre a luz, entre o fumo,
Não tenho o meu olhar lançado ao céu, sem rumo,
E o não tenho deixado adormecer chorando
No azul de alguma noite esplêndida e formosa!

Quanta vez, como lágrima suspensa
E que se esvai a um vento repentino,
Não sinto-o que me desce,
Que frio como a neve a pálpebra amortece,
N'aquela noite imensa
Cheia do resplendor metálico de um hino!
Quantas se prende e engasta
Lá nesse rio, cujas vagas cérulas,
Estreladas de lírios cintilantes,
Rolam ondas e ondas de diamantes,
E onde as mãos de uma alvorada casta
Há semeado um turbilhão de pérolas!
Quantas não paira incerto,
Ouvindo de cem mundos gloriosos

Os longínquos rumores sonorosos,
Como um bater de ventos no deserto!

II

D'onde esse errar de mundos sobre mundos,
Esse errante bater d'asas cansadas,
Em viagem de pélagos profundos,
No mistério das noites encantadas?
Quem me arranca do íntimo este anseio
E m'o arremessa ao fundo das alturas,
Como um cristal que arroja-se no seio
De umas ondas escuras?

D'onde o vago mistério tenebroso
Que o sonolento espírito circunda,
Se de um orbe a outro orbe luminoso
Mais entranha-se errante e mais se afunda?
Quando as harpas dos páramos vibrantes,
Salmodiando os cânticos do dia,
Entornam, como chuva de diamantes,
Os concertos da mística harmonia;

Quando, como os belígeros arneses,
A refulgente lâmina divina
Umas vezes oscila e n'outras vezes
De um metálico brilho se ilumina;
Por que, se a estrela d'alva imaculada
Desbrocha, como um lírio n'Oriente,
Outra estrela, outra núncia d'alvorada,
Há de acordar-se em nós resplandecente?

III

No esplêndido luar das noites brasileiras,
Seguindo a aparição da lúcida poesia,
Como um pássaro abrindo as asas forasteiras,
Assim meu triste olhar se perde e se extasia!

E quando sobre o azul do píncaro dos montes
Seu estandarte d'ouro a madrugada planta,
Sinto-o apagar-se, assim dos largos horizontes
Foge a estrela da noite ao sol que se alevanta!

21

AO SOL POENTE

A Artur Azevedo

Lembra-te ainda a tarde, aquela tarde quente,
À porta de teu lar, na íntima ventura!
Como o dia era belo, e como estavas pura!
Como eu te segredava o meu amor ardente!

Que doce embriaguez da sombra na frescura,
Ali, à claridade amiga e transparente
Do romântico sol avermelhando o poente,
Ali, onde eu beijei-te os dedos na costura!

Longe, através da cerca, os prismas delicados
As árvores, da relva os tons amaciados,
Dos muros a brancura, o aspecto dos jardins...

Oh! lembras-te? Do amor à íntima fagulha,
Eu, ao teu lado, flor, ouvia a tua agulha
Gemer como um punhal no peito dos cetins.

22

Do frio Danúbio à flux
Se erguem, fitando as correntes,
Da lua aos pingos de luz,
Umas ficções transparentes.

São as Valquírias medrosas,
Anjos do amor passageiros,
Que surgem vertiginosas
Do gelo dos nevoeiros.
....

Do teu olhar aos clarões,
Fugazes como um conforto,
Também se miram ficções
Nest'alma — um Danúbio morto

23

Outros sonham, talvez, dos olhos teus na onda
Embarcar-se a correr os mares ideais,
Ou por ela descer, como ligeira sonda,
Às pérolas do golfo, aos bancos de corais.

Tens a riqueza vã de Ofir e de Golconda!
Nos teus olhos azuis, brilhantes, imortais,
Eu não sonho, eu não quero as coisas triviais;
O que eu sonho, o que eu quero o meu amor esconda.

Não os quisera ver sob esse véu de tule,
Nem velados assim de êxtases saudosos!
Eu quisera inspirar-te uma paixão exul!

Quisera, ao te lançar n'um vórtice de gozos,
Minar como um obreiro esse rochedo azul
E assistir à explosão dos vícios luminosos!

24

TORTURAS DO IDEAL

A José do Patrocínio

I

Podeis sorrir, abrir-vos,
Rosas e violetas!
Enchei esse ambiente
De essências prediletas!

Podeis voar, ó pássaros!
A selva se perfuma!
— O meu amor não tolda
A mais cerrada bruma!

O meu amor é eterno!
Imenso e imorredouro!
É o sol radiante, altivo,
O astro grande e louro!

Não vos fecheis, ó lírios!
Não vos murcheis, ó rosas!
Ó madressilvas brancas,
Abri-vos perfumosas!

A luz matinal banha
Do monte a verde espalda.
Voai, voai, esp’ranças,
— Insetos de esmeralda!

Enchei, laranjais verdes,
O chão de brancas flores!
Cantai, aves do céu,
Alados trovadores!

O meu amor *é* eterno!
A essência de que veio
É o fluido luminoso,
Que os astros têm no seio!

II

Eu tenho sobre as nuvens
Esplêndidos castelos!
Para me alçar da terra
À tão altas moradas,
Subo pelas escadas
Das tranças de uns cabelos!

Das suas áureas torres,
As minhas esperanças
Debruçam-se p’ra ver-me,
Como gentis crianças!

Tem cada qual nos lábios
Não sei bem que poemas,
E prendem seus cabelos
Uns lúcidos diademas.

Pelas janelas sempre
Entra o luar em cheio
E entorna de seu seio
Sobre as tapeçarias
Per'las, douradas conchas,
Luzentes pedrarias.

Nos minaretes altos,
Quais pássaros de luz,
Pousam milhões de estrelas,
Milhões d'astros azuis.

N'essas regiões ignotas
Só eu penetro ousado;
Lá vive o meu amor,
O lúcido exilado.

Para me alçar tão alto
Àqueles meus castelos,
Uns olhos são-me — guias,
E escadas — uns cabelos.

III

O meu amor *é* um mundo
Belo e desconhecido,
Nas regiões perdido
De uns astros siderais;

Onde há um luar eterno,
Em fundo azul radiante,
Que enche a cada instante
Os mares de cristais.

Onde crianças louras,
Cheias de palidez,
Soltam as tranças áureas
Dos ombros na nudez.

Onde encantados gênios
Se cruzam pelo espaço,
E os silfos adormecem
Dos sonhos no regaço.

Oh! não me bate o seio
De alguém o ir buscar!
Tão alto fica!—A ele
Quem leva-me *é* o luar!

IV

Que sombra pesada é esta
Que passa, a cada momento,
No meu belo firmamento
Vestido de gala e festa?

Porque ao pé da alegria
Há de se erguer a tristeza,
A noite junto do dia,
Diz-me por que, Natureza?

Pois para tudo uma sina
Assim tão negra criaste?
Por que pende a flor na haste
Ainda à luz matutina?

E a nós, no viço da idade,
À luz da vida tão nova,
Por que o problema da cova,
O *umbra et nihil* da eternidade?

Por que no nosso degredo,
Nos fere sempre esse espinho?
Por que topar no caminho
Sempre a morte — esse rochedo?

E sempre essa voz que ilude,
Essa alegria fingida!
Pois pode haver luz na vida,
Se há sombras sobre o ataúde?

Que grande, negro mistério
É esse que nos circunda,
E que fatal nos inunda
De um frio palor funéreo?

Haverá na morte um porto
Pra os nautas da tempestade?
Será um mar a eternidade?
— Qual o destino do morto?...

Que sombra pesada *é* esta
Que passa, a cada momento,
No meu belo firmamento
Vestido de gala e festa?

V

Onde estais vós, que eu via
Quase a roçar por mim,
Astros do meu amor?
Estrelas que eu sentia
Abrirem-se ao meu lado,
Como botões de flor!
Que bruma vos esconde
Lá n'esse céu fechado?
Onde é que estás, aonde,
Ó minha fantasia?

Quem despertar me veio
A vida no meu seio,
A vida, à luz do dia,
Quando, entre sonhos mansos,
Eu só amava a noite,
Ó minha fantasia?

Ó sol! vai tu nas águas
A fronte mergulhar!
Crepúsc'lo! luz do dia,
Esparecei no mar!
— Chegai, chegai da noite,
Ó sombras perfumosas!
Vinde enastrar de rosas
Meu leito de sonhar!

VI

Vozes no ar

As minhas asas são brancas
Como um novelo de espumas;
Como as pérolas caídas
Do alvo colar das brumas!
Sobre as minhas asas brancas,
Vem!

— Que tantas mulheres belas!
Que tão formosas donzelas
Há, além d'aquelas estrelas,
Além!

As almas que o sol receiam,
Que temem do sol as brasas,
Eu, doce raio da lua,
Conduzo nas minhas asas!
Sobre as minhas asas brancas,
Vem!

Há, d'esta terra distantes,
Mil palácios deslumbrantes,
Cobertos de diamantes,
Além!

Que clara é a noite, e formosa!
Que face de céu tão nua...
— Quem és tu que assim me falas,
N'um frio raio da lua?
— Vem nas minhas asas brancas,
Vem!

Que tanto seio se agita
Além na plaga infinita!
Que tanto sonho palpita,
    Além!

— Eu sou a filha dos ermos,
Das soledades azuis!
Deixou-me, errando na noite,
Uma orvalhada de luz;
Sobre as minhas asas brancas,
    Vem!
Cem estrelas luminosas
Estão se abrindo, como as rosas,
Lá nas campinas formosas,
    Além!

VII

Cantai, gênios do azul,
Ó bardos invisíveis!
Cantai do meu amor
As trovas imortais!
O pensamento exul
Desterra os impossíveis!
Há sempre um mundo em flor
No céu dos ideais!

Cantai, liras sonoras,
Ó harpas diamantinas!
Meu céu, meu mundo esplende
À branca flor do luar!
Eternas são as horas!
Passai, doidas ondinas!

Ó mar! a voz suspende!
Astros — enchei o mar!

VIII

Por uma escada brilhante,
Que do céu prende-se à terra,
Minha alma, saudosa amante,
Sobe até o mundo distante
Em que seu amor se encerra.

Depois de na estância pura
Gozar de uns sonhos de paz,
Quer voltar à terra escura;
Procura a escada, procura...
Procura... não a vê mais!

IX

Eu ia uma noite, só,
Cortando os ares azuis,
Buscar-te as asas de luz
Com as minhas asas de pó.

Quando no ano alabastro
Das mil estrelas tocava,
Todo o meu ser se inflamava
Do vivo fogo de um astro.

Era que as chamas dos céus,
Que aqueles círios bebiam,
Dos teus olhares partiam,
Dos grandes olhares teus.

E foi por isso que, só,
N'aqueles ares azuis,
Senti tornadas de luz
As minhas asas de pó!

X

I

Às vezes eu não sei
Que mágoa me lacera,
Que mesmo nem quisera
Te ver ao pé de mim.

Mc pungcm tcu olhar
E tua voz serena;
Não posso olhar sem pena
O teu semblante assim.

II

Que sempre a nós nos fira
A dor d'essa tristeza!
Ó mundo! ó natureza!
Que tendes sobre nós?

Que existe além da sombra?
Acaso ao fim do dia
À noite erma e sombria
Iremos ter a sós?

III

Além, por terra estranha,
O meu olhar divaga;
— É linda aquela plaga!
Eu amo aquele céu!

Ali, sob o arvoredo,
A vida como fora,
À claridade loura
De algum luar sem véu!

IV

Mas ah! em toda a parte
O grande horror se encerra!
É feia, é vil a terra!
Eu nunca amei-a, não!

Um'árvore é um cipreste...
Eu temo-te, arvoredo!
E como fazes medo,
Ó pálido clarão!

V

Que mão que nos acena
Sempre através de um sonho?...
— Ó tumulo! és medonho!
Ó morte! és sempre assim!

Às vezes eu não sei
Que mágoa me lacera,
Que mesmo nem quisera
Te ver ao pé de mim!

VI

Como sudários vejo
As nuvens se arrastando,
E ouço a voz longínqua
De uns gênios pranteando.

E a lua que aparece,
Com a alvinitês de um lírio,
Pasma porque a um morto
Irá servir de círio.

Como um lençol de morte,
Se alarga o véu da bruma
No ar pesado e frio;
E o céu sem luz nenhuma,

Vejo arquear-se trêmulo
Cheio de nódoas pretas;
Na terra, como uns ais,
Morrem as violetas!

Ó noite! no teu seio
Há um grande cemitério!
Errai, sombras do túmulo!
Ó filhas do mistério!

Ó meu amor! teu féretro
Que não cabe no mundo,
A noite vai guardá-lo
Ao seio seu profundo!

VII

Era ao morrer da noite.
Eu via o negro bando
Das sombras, pouco a pouco,
Se ir evaporando;

E pranteava, quando,
Argêntea, luminosa,
Vi da amplidão suprema
Uma encantada lágrima

Rolar silenciosa.
E nisso — o olhar imerso
No céu, — se desfaziam
As nuvens; as estrelas

No azul apareciam.
E então, qual essa lágrima,
Imensa, alva, divina,
Vi levantar-se trêmula
A Vênus matutina!

VIII

Quando ao ideal ainda
Leva-me a fantasia,
Lá n'um país escuro
Onde não chega o dia,
Sinto, nas noites minhas,
Chegar do pensamento
As ágeis andorinhas.

Aí, sobre esse mundo,
Há um dístico funéreo,
Um lúgubre —aqui jaz —
N'aquele cemitério
O meu amor profundo
Está dormindo em paz!

25

A Fontoura Xavier

Eu não leio somente a história dos amantes,
Os ternos madrigais que o coração suspira;
Não vivo só de olhar a lírica safira
Do amadornado céu, nas noites gotejantes.

Também sei me enlevar, se, em sacrossanta ira,
O Bem calca com os pés os Vícios arrogantes,
E, como tu, folheio a lenda dos gigantes,
E sei lhes dar também uma canção na lira.

Por isso, de meu quarto os três degraus subindo,
sobre o Intermezzo a Ilíada se abrindo,
Enquanto, ao muro, além, velando a filigrana,

Como faz um fidalgo aos pálidos avós,
Está um Bayard guerreiro aos pés d'uma sultana,
Às Vênus ideais ao lado dos heróis.

26

O MÊS DE OUTUBRO

A Artur Azevedo

Ventava um tanto a Leste. Ao longe, onde difusa
Via-se uma suave e mole claridade,
A um cerro, a uma rocha, a um monte em orfandade
A neve preparava a algodoada blusa.

No silêncio do ar havia um quer que fosse
De uma asa a fechar-se. A olímpica frescura,
O azulado ideal das pétalas da altura
Tinha os tons de um sorrir religioso o doce.

Havia um bocejar de luz prometeana.
Era a estrela a morrer. Um vinho de luz turva
Ia enchendo do céu a taça semicurva
Voltada na amplidão com uns tons de porcelana.

Começou a cantar um'ave n'esse instante;
E alguém que contemplasse as vias luminosas,
Veria um apertar de mãos misteriosas.
E uns deuses a correr no páramo arquejante.

Depois um ciciar de bocas e de arminhos,
Como um beijo na sombra. Após, no descampado,
O silêncio em que fica um leito abandonado
Na branca confusão das rendas e dos linhos.

A luz sarjava o ar de um sentimento rubro.
O oceano acordou-se **à** uma harmonia estranha,
O sol pôs-se a espiar por trás d'uma montanha...
— Foi assim que se fez o belo mês de Outubro.

27

LUZ NOVA

A A. Barreiros

I

De há muito eu ando a pensar
Se o louro de tuas tranças
Será mais que o do luar
Das minhas novas esperanças;

E se haverá por ventura
Em todo o lago dos réus
Um cisne de mais alvura
Que o cisne dos sonhos meus.

É um prodígio, um portento
Ver n'um instante mudado
O escuro de um céu nublado
No azul de um bom firmamento.

E foi o que tu fizeste,
Ó loura! n'est'alma inteira:
Plantaste um pé de roseira
Aonde eu tinha um cipreste!

II

Por muitas vezes eu cismo
Nessas mudanças seguidas,
Em que, de abismo em abismo,
Ou salvam se muitas almas
Ou perdem-se muitas vidas.

Porém de tais resplendores
Me apareceste banhada,
De tal luz, de tais amores,
Inconcebíveis, profundos;
Que, ao ver-te assim rodeada,
Fiquei com a fronte suspensa,
Pensando na luz imensa
Que corre nos outros mundos!

III

Disseram-me ontem, filha,
Falando-se a teu respeito,
Que alguém que ouvira teu peito
Bater por sob a escumilha;

Que alguém, algum trovador,
Que com a tuba dos tinteiros
Cantava assuntos guerreiros
Mas não assuntos de amor;

Ao desfolhar de um sorriso.
De acre ironia manchado,
Pusera a pena de um lado
Rompendo n'um improviso.

Aquele olhar fundo e célico
Todo esvaiu-se n'um cântico,
E o nosso trovador bélico
Fez-se poeta romântico.

Quis crer... mas tu me disseste
Que tens o peito gelado,
Como o mármor olvidado
No olvido de campa agreste!

IV

À noite, quando reunidos
À ceia, em redor da mesa,
Em frente um d'outro sentados,
Ah! me parece que escuto
Gemer a minh'alma presa
Na roda de teus vestidos
Por nossos pés espalhados.

Depois eu sinto que a bebes
De gole em gole, tirana!
Se do teu lábio aproximas
A xíc'ra de porcelana.

Mas n'esse engano em que, lento,
Somente eu sinto os abrolhos,
Para vingar-me, sedento,
Erguendo a chávena pura,
Creio que ao chá de mistura
Estou bebendo os teus olhos!

V

Metade nos teus cabelos,
Outra metade afastada,
Minh'alma vive abafada
Na gemonia de uns anelos!

De que lhe valem as asas
Que lhe deste pr'a voar,
Se ela ascender nunca pode
Ao teu sacríssimo altar!

És a estrela que clareia
E foge, — a onda que alaga;
— Onda, — chamaste-me a areia,
Astro — chamaste-me a vaga.

Ah! que eu Só veja em assombro
Todos os dias, ó flor!
A garça do teu amor
Pousar-me por sobre o ombro!

E que seu voo suave,
Pelos rosais do caminho,
Não siga, como uma ave
Que vai em busca do ninho!

VI

Quando o teu olhar se embebe
Em meu olhar, lenta, lenta,
Há uma fonte que rebenta
Em o meu peito — esse Horebe!

E todo um povo que anseia
E que me enche o interior,
N'essa cristalina veia
Estanca a sede do amor!

Por isso quero-te ao perto;
De ver-te nada me impede,
Pois dói-me o grito de sede
Das multidões no deserto.

VII

Não sei onde há mais penas:
Se no leito de teu eólio,
Se no das crenças serenas
Que abriste p'ra meu consolo.

É de uma beleza extrema
Tua voz se balbucia
Esse cântico—Maria!
E — Jesus — esse poema!

Se falas dos céus, dos astros,
De Deus, da luz, d'alvorada,
Quando, branca, ensanguentada,
Morria-me a fé de rastos!

Não sei onde há mais pureza:
Se no olhar que diz — amor!
Se no que exclama — Senhor!
E diz após — Natureza!

VIII

Quando, ao meu lado, eu, assim,
Vejo-te aérea e tão bela,
Que até te julgo uma estrela
Suspensa por sobre mim...

Quando te sinto ao meu lado,
Tão pura, tão casta, *ó* pomba!
Como uma benção que tomba
Lá do azul imaculado...

Quando — pequenos gigantes
Em mim teus olhos tu cravas,
Teus olhos — cetíneas lavas,
E como que palpitantes...

Quando essas duas turquesas
D'est'alma lanças n'oceano,
Com o colar indiano
D'aquelas mortas princesas...

Ah! eu não sei o que exprime
Todo o meu ser n'esse eflúvio!
Sente as flamas doVesúvio...
Sente as vertigens do Crime!

IX

Aquela florzinha azul
Que ontem trouxeste do campo,
E que era o berço anilado,
Talvez, de algum pirilampo,
Pelos vargedos exul;

Morreu... seu rosto esmaiado
Tinha... não sei bem a cor;
Tinha a cor do leito amado,
Onde, lampírio adorado,
Tu dormes, ó meu amor!

X

Eu sei que mais que aos meus versos
Amas à noite escutares
A voz de alguma viola,
Os sons d'uma ária espanhola
Pelos serenos dispersos.

É que, disseste uma vez,
Há um quê de mais harmonia
N'estes sons que a poesia
De teus versos nunca fez.

Para poder te agradar
Hei de mandar ajuntar
Às cordas de minha lira
As cordas de um bandolim;
E quando eu cantar, assim,
Do amor na volúpia imersos,
Ao céu não leves o olhar,
Porque na luz do luar
'Starão chorando os meus versos.

XI

Não amo o lar em que moras,
E eu sei que é lindo o teu lar,
Pois a tua casa branca
Tem janelas para o mar!

Temo, *é* que amo-te e muito!
Temo que o monstro algum dia,
Saltando da jaula fria,
Não queira te arrebatar.

És minha só, e por mim
É só que deves pensar...
Por que passeias na praia?
Por que contemplas o mar?

Não amo o teu lar! Se eu fosse
A viração, ao passar,
Fechara aquela janela
Que se abre para o mar!

XII

Como tu vês, no meu peito
Lançaste este amor profundo,
Que eu não acho um mundo aonde
Me abrigue com este mundo.

A mim, pequeno que era,
Encheste de luz tamanha,
Que eu me pareço um gigante
Carregando uma montanha.

E em meio de meu caminho,
Eu sei, se um dia cansar,
O peso d'esta montanha
Há de espremer-me e esmagar.

E sob esse peso enorme
O que serei eu? Me aterra
Ver o azul — esse infinito —
Sobre essa migalha — a terra!

XIII

Estas pequenas canções
Cheias do amor que me deste,
Que pensas? Quando morrermos
Terão também seu cipreste?

Não! Dos lírios de teu peito
Nas urnas imaculadas
Eu pedirei que deponham
Essas canções mal rimadas.

Depois... Ramalhai, salgueiros!
Luares brancos, brilhai!
— Estão aqui dois amantes
Adormecidos n'um ai!

VERMELHO MARINHO

Spirit

BRASILIARIS.COM.BR